시는 꽃이 된다

장광규 시집

시음사
시사랑음악사랑

시집 『 시는 꽃이 된다 』를 내며

나는 글을 쓰고 싶다. 호박꽃 향기 같은 시를 쓰고 싶다. 소박하면서도 아주 자연스러운 글을 쓰고 싶다. 고향의 벌판 같은 넓은 마음으로 글을 쓸 수만 있다면 더욱 좋겠다. 시는 일상생활 속의 모습을 쉽게 볼 수 있도록 나타내는 일이다. 보고 느끼고 겪은 일들을 순화된 언어로 간결하게 표현해 보고 싶다.

오랜 생각 끝에 시집의 제목을 「시는 꽃이 된다」로 선택하였다. 꽃은 아름답고 향기가 난다. 그러므로 사람들의 마음을 여유롭게 하고 심성을 곱게 만들어주는 역할을 한다. 그 꽃이 시들면 열매를 맺어 씨를 간직하고 그 씨앗은 또 다른 나무가 되어 꽃이 핀다. 시는 아름답다. 아니 아름다워야 한다. 많은 사람들에게 사랑받는 게 아름다움을 나타내는 길이다. 그래서 많이 읽히는 글이 생명력이다.

첫 시집으로 얼굴을 내밀며 인사한다. 많은 사람들과 대화하고 싶다. 나의 마음을 전하고 싶다. 그러기 위해서는 나의 시집이 많은 사람들 곁으로 갔으면 좋겠다. 직접 대화를 못하는 사람들과 간접적으로나마 대화를 하고 싶기 때문이다.

사람마다 자라난 환경이 다르고, 살아온 시대도 차이가 있어 공감의 폭도 여러 가지로 나타나리라 생각한다. 나의 글 속에는 흙냄새 나는 이야기가 주로 등장함을 부인할 수 없다. 성장기를 산촌에서 보냈기 때문에 어쩔 수 없는 현상이다. 절망보다는 희망을, 슬픔보다는 기쁨을, 보탬보다는 있는 그대로를, 눈물보다는 웃음을 만들어 보려고 노력했다. 나의 글을 읽는 사람들이 웃는 얼굴로 희망을 가득 간직하길 바라는 마음이다.

2021년 2월 일
시인 장광규

제1부 꽃망울

QR 코드

스마트폰으로 QR 코드를 스캔하면
시낭송을 감상할 수 있습니다.

제목 : 거울 앞에서
시낭송 : 최명자

제2부 살구꽃

제3부 복사꽃

제4부 웃음꽃

제5부 꽃향기

제1부 꽃망울

꽃의 향기는
오래 계속되기도
멀리 가기도 하면서
사람들의 기쁨을 모아
잘 익은 열매가 된다

시는 꽃이 된다

물 흐르듯 가는 세월
반복과 변화의 일상 속에서
꿈틀거리며 글이 태어난다
글은 다듬어져 시가 되고
시는 꽃으로 활짝 핀다

꽃의 향기는
오래 계속되기도
멀리 가기도 하면서
사람들의 기쁨을 모아
잘 익은 열매가 된다

씨앗이 떨어져
나무로 성장하고
나무는 꽃을 만들고
꽃은 다시
좋은 열매를 맺기 위해
고통의 시간을 인내한다

두고 온 고향

하루에도 몇 번씩 가고 싶지만
그때마다 갈 수 없어
마음속으로만 그려봅니다

그리운 얼굴들이 떠오릅니다
보고 싶은 사람이 너무 많습니다
그들도 이곳저곳 흩어져 살기에
보고 싶을 때 볼 수 없습니다

어쩌다 찾아가는 고향
언제나 어릴 적 그대로의
그림 같은 모습을 보고 싶지만
자꾸만 자꾸만 변해갑니다

차라리 잊으렵니다
보고픈 사람들을 만날 수 없어
이제는 고향에 아니 가렵니다
포근했던 추억을 빼앗아가는
변해버린 고향 생각은 잊으렵니다

광한루원

지도를 챙겨 설명할 필요가 없는
관광지로 유명한 광한루원
요천수 맑게 흐르는 고을
남원에 예스럽게 자리 잡고 있네

커다란 나무들이 군데군데 서 있고
오작교랑 월매집이 발길을 붙잡는데
연못의 잉어는 요리조리 몰려다니며
길을 안내하느라 온종일 바쁘네

한복을 곱게 입은 춘향의 초상화
봄 여름 가을 겨울 수없이 바뀌어도
변함없이 밝은 얼굴로 반기고
방문객이 줄을 서서 인사하고 가네

사월초파일 무렵엔 많은 인파가 몰려

님이 놀던 자리에서 그네타기도 하고

님을 생각하며 흥겨운 놀이로

웃으며 즐겁게 지내지만

님은 먼 곳에서 지켜볼 뿐이네

세월 따라 유행 따라 변해가는 옷차림

미니스커트 물결이 한바탕 휩쓸고 지나가고

배꼽티에 색색의 머리 염색을 하고

찢어진 청바지를 입은 관광객도 있는데

이제 어떤 차림이 등장할지 모르네

가까이에 지리산이 있고 뱀사골이 있고

여러 곳으로 가고 오는 교통편이 좋아

평소에도 많은 사람이 광한루원에

조용히 와서 조용히 보고 조용히 가네

촌놈 일기

휴일이 돌아오면
남들은 놀러 간다고
야외로 나간다고
아침부터 요란하지만
그게 참 신기하고 어색할 뿐이야

텔레비전을 보며 피로를 푸는
그런 습관이 몸에 익숙해서인지
휴일은 집에서 쉬는 게 좋아
모처럼 밖으로 나갈 계획을 세우면
고향에 갈 일이 생기거나
비를 내려 하늘이 말리거나
다른 볼일이 생기기도 하지

시골에서 자라면서

가까이 있는 학교에 갈 때도

신작로 따라 읍내에 갈 때도

논밭으로 일하러 다닐 때도

들판을 지나고 내를 건너고

산길을 걷기도 하면서

매일 자연과 함께하고

맑은 공기를 호흡하니까

따로 날을 잡아 놀러 갈 필요가 없었지

지난날 좋은 곳에서 생활했으니

지금은 놀러 못 다녀도 괜찮아

마음에 날개 달아

새들이 노래하는

나비들이 훨훨 춤추는 곳으로 가지

아름다운 기억 속으로

추억여행을 하면서 지내지

태양을 보며

아침마다 커다란 웃음이다
웃음의 힘찬 걸음은
땅이며 물이며 나무 위로
소리 없이 가볍게 온다

웃지 않으면 알맹이 없는
아주 싱거운 존재일 것이다
가슴이 얼마나 넓어
그리도 많이 간직했는지
웃어도 웃어도 웃음이다
변함없는 웃음으로
온 세상이 아름답다

반갑게 만나는 얼굴
낮과 밤을 만들고
계절을 만들고
분위기를 만드는
마음이 넉넉한 동반자다

그늘에서

무더운 여름 햇빛은
못 이기는 척 피하는 것이 좋다
길을 걷다 그늘을 찾아 몸을 맡기면
흐르는 땀방울을 식혀준다

흔들리는 나뭇잎을 보며
방안에 가득 찬 온도를 생각한다
안방으로 거실로 왔다 갔다 하는
뜨거운 바람들
나무 그늘로 불러내
고생한다며 다독거려 주고 싶다

다시 걸어야 할 시간이 되었는지
마음은 자꾸 바빠지는데
바람은 더 쉬었다 가라며
먼데 나뭇가지도 흔들어준다
사람들이 많이 몰리면
그늘도 더위를 느껴 슬슬 피한다

잠시 한눈파는 사이
그늘의 움직임을 놓친다
햇빛이 가까이 다가와
함께 있자며 얼굴을 비빈다

황톳길

맨발로 다녀도
포근히 반겨주는
황톳길 걷노라면
쉬었다 가라며
고무신발 놓아주지 않았지

꼬불꼬불 좁은 길
비가 내려도
질퍽질퍽하지 않게
신작로에 자갈 깔았지

이따금 버스 지나가면
황토 먼지 자욱해
분간하기 힘든 길
손으로 부채질하며 걸었지

길가엔
질경이 민들레 돋아나
눈빛으로 인사 나누며
마음이 여유로웠지

흙냄새 좋았던 길
아스팔트에 덮여
고무신 자국
질경이
민들레
황토 먼지
잠자고 있지

거울 앞에서

거울 밖에서 거울 안으로
가만히 눈길을 보낸다
내가 아닌 다른 사람
낯익은 누군가가 떠오른다
외롭고 보고플 때
언제라도 달려가 품에 안기면
따뜻하게 반겨줄
그리운 어머니 아버지다

나의 생김새에서
나의 움직임에서
어머니 아버지의 모습을 발견한다
둥근 얼굴이며 넓은 이마
크지 않은 귀에 두툼한 입술
웃으면 작아지는 눈까지
세월이 흐를수록 자꾸
어머니 아버지를 닮아간다

거울은 영원한 세상
거울 앞에 서면
진실을 느낀다

제목 : 거울 앞에서
시낭송 : 최명자
스마트폰으로 QR 코드를 스캔하면
시낭송을 감상할 수 있습니다.

20

사랑이었네

아주 오래된 추억 하나
지워지지 않고 아침 해처럼 떠오르네
스쳐 지나간 낯선 사람이 아닌
이름도 얼굴도 그대로 간직하고
혼자만 애태우며 사랑한 사람이 있었네

산이 많고 물이 맑고
농사를 지으며 순박하게 살아가는 동네
봄이면 진달래꽃으로 그녀가 다가오고
가을이면 소나무향기 퍼져 더욱 그리워하고
겨울이면 하얀 눈으로 마음 설레게 한 사람
그렇게 좋으면서도 말 한마디 못하고
마음으로 마음으로만 사랑하였네

포근한 자연의 품을 떠나
시끄럽고 복잡한 곳으로 왔지만
봄이면 꽃향기에 그녀를 생각하고
단풍을 보면 아름다운 편지를 쓰고 싶고
하얀 눈이 내리면 순진한 사랑을 전하고 싶은
아름다운 소녀로 언제까지나 남아있네
그 소녀를 사랑하는 소년으로 살아가네

보리밭을 지나며

이 좋은 분위기
이런 향기 어디서 올까
초록이 출렁대며
싱그러움은 번지고
잊힌 추억이 떠오른다
마음은 푸르고
몸은 가벼워진다
어린이가 되어
들판을 마음껏 뛰고 싶다
그 소녀가 그리워
마구 달려가고 싶다
보리밭 향기 속에
웃는 얼굴이 보인다

바위

새들이 노래하는 산속에서
물소리 시원한 냇가에서
혹은 동네 어귀에서
자연 그대로 숨 쉬며
쏟아지는 빗물로 목욕하고
눈 내리면 하얀 옷 입어도 보며
알맹이 있는 몸짓으로
너는 너를 보여준다
하늘이 파랗게 웃는 날도
바람 불어 추운 날도
움직일 줄 몰라 멋을 모르지만
이끼 낀 모습에는 부드러움이 있다
더러는 자꾸 귀찮게 해
조각 작품으로 만들어놓지만
변할 줄 모르는 묵직함으로
겉도 속도 매한가지 단단함으로
너는 네 자리에 다시 선다

어머니는

어머니!
어머니에게는
보이지 않는 무게가 있습니다
좋은 일이 있으면 좋은 대로
힘든 일이 있으면 힘든 대로
겉으로 드러내지 않고
안으로 안으로 보듬습니다
평평한 길을 걷기도 하고
때로는 큰 고개를 넘으며
살아온 수많은 세월
가끔 꺼내 들려주는
포근하고 생생한 이야기는
시가 되고 소설이 됩니다
보일 듯 잡힐 듯
보탬 없는 진솔함으로
인내하고 희생하며 지낸 삶을
어찌 다 표현할 수 있으리오
책으로 엮으면 여러 권이 될
그 두껍고 가득한 무게를
어머니는 고스란히 간직합니다

하늘

아주 먼 곳에 있어
그리워하며 쳐다보기만 한다

그대는 가슴이 넓어
작은 나를 꼭 안아줄 때도 있다

희망과 용기를 심어주는
파란 마음을 가진 그대
그대를 보며 웃을 수 있어 좋다

더울 땐 비 내려 식혀주고
추울 땐 눈 내려 포근히 덮어주는
그대는 어머니 손길처럼 따스하다

낮에는 환하게 밝혀 일하게 하고
밤에는 어둠을 보내 잠자게 하는
그대는 정말 고마운 천사다

동쪽에 있어도 서쪽에 있어도
산에서 보아도 바다에서 보아도
변함없는 그대는 영원한 동반자다

좋은 시절

이 세상에 살며
좋은 시절 꼽으라면
물정 모르고 철없이 지낸
어린 시절이라고 말할 거야
투정 부리며 갈길 더듬거리면
가족은 손 내밀어 따뜻하게
이끌어주고 보살펴주었지

행복한 시절을 묻는다면
부모님 계실 때라고 할 거야
조건 없는 사랑 베풀어
포근한 정 느끼게 하고
일상 속 실천으로
삶의 지혜를 배우게 했지
함께 있는 것만으로도
부모님은 대들보가 되어
든든하고 훈훈하지만
멀리 떠난 후엔
즐거움도 웃음도 시들하지

어려서나 어른이 되어서나
부모님 생전에 할 일 다해야
자식 된 도리이며 기쁨인 것을
뒤늦게 깨달으며 후회하지

물

높은 산 깊은 계곡
사람의 발길이 드문 곳에
물이 흐른다
하늘빛을 닮아
꼬옥 껴안고 싶은
물이 흐르고 있다
저 물속에 들어가기만 해도
몸이 깨끗해질 것 같은
맑은 물
깨끗한 물
산속의 물
새소리
바람 소리
산 냄새

시나브로

어깨 통증이 신경을 건드린다
어느 틈에 일상 속으로 끼어들어
이따금 괴롭히며 따라다닌다
가까운 곳에
잘 본다는
한의원으로 침 한 방 맞으러 간다

침만 놓을 줄 알았는데
아픈 곳에 부항을 뜨고
물리치료를 하고 나서야
침 놓을 준비를 한다

침은 엉뚱하게도 아픈 곳이 아닌
반대편 발과 손목 부위에 놓는다
깜짝 놀란 표정을 보았는지
젊은 의사는 웃으며
이쪽에다 침을 놓아도
발에서 손으로 손에서 어깨를 통해
아픈 곳으로 전달된다는 것이다

소금이 쉴 때까지 있어야 하거나
개구리 수염 날 때까지 기다리는 건 아니지만
여러 군데 쿡쿡 찌르는
침을 맞고 있는 시간은 긴장되는데
슬며시 시원함이 다가올 때쯤 끝이 난다

우려했던 질병이 아니라
나이 먹으면 나타나는 증상이란다
하지만 그냥 내버려두면
나중엔 오십견이 된다는 것이다
그 누구도 원하지 않은데
세월이 흐르는 사이
검은 머리카락 하얗게 되듯
변하며 나타나는 게 많기도 하다

복습

귀여운 아이야!
세 살 먹은 아이야
너의 곁에 있게 해다오

너의 울음소리가 듣고 싶구나
배고프면 젖 달라고
아프면 만져달라고
의사 전달하는 울음소리가

천진난만한 웃음이 참 좋구나
너의 거짓 없는 웃음처럼
진실된 마음만 남기고
지나친 욕심을 버리게 해다오

맑은 눈을 다시 찾게 해다오
세상 일을 바르게 보고
보태지도 빼지도 않고
제대로 말할 수 있게 해다오

아직 걷지 못하여도
말할 줄 몰라도
큰 힘을 갖지 못했어도
아무 불편함 없이 살아가는
순수한 지혜를 배우게
너의 곁에 있게 해다오

적응

태양이 뜨거운 계절에는
밖으로 나가
더위를 반기렵니다
내리쬐는 햇빛에 땀을 흘리고
햇빛으로 땀을 말리는
구릿빛 피부가 좋아
아버지 모습을 닮으렵니다

하루 해가 길어 무더운 날은
그늘만 찾지 않고
여름을 느끼렵니다
그러다 견디기 힘들면
등목하고
부채를 챙기며
성급함을 멀리 보내는
어머니 마음을 배우렵니다

동감

어릴 적 함께 뛰놀던 사람
성장하면서 헤어져 지내다
아주 오랜만에 만났네
근심 걱정 하나 없는
아주 건강해 보이는 얼굴이네

아들 딸 낳아
잘 키우고
잘 지냈다며
만족스러운 표정이네
먹고 지내는 것
자고 입는 것 여유롭지만
으스대거나 자랑하는 말은
한마디도 꺼내지 않네

아들 딸들도
자식들 낳고
건강하게 살며
내리사랑 이어가고 있어
더 이상 바랄 게 없다네

부모 마음은 다 같은 것
사랑하는 아들 딸
잘 사는 모습 보는 재미
이 세상에서 제일가는
행복이고 기쁨이네

첫인상

귀찮게 하는 것도 아닌데
그 사람을 보면
멀리 피하고 싶고
무엇을 달라고 조르는 것도
그렇다고 내가 주는 것도 없는데
괜히 싫은 사람이 있고

눈길을 주는 것도 아니고
서로 친한 사이도 아닌데
아는 체라도 한 번 해보고 싶고
말이라도 걸어올까 설레고
마음을 털어놓고 싶은
그냥 좋은 사람도 있네

제2부 살구꽃

공원은 좋은 곳이 되었다
고향이 그리우면 공원에 온다
공원에 오면 고향이 생각난다
이곳에 오면 마음이 포근해진다
마음이 넉넉한 고향이 되었다

날씨와 함께

최신장비 설치했는지
기상정보 거침없이 나오네
오늘은 전국적으로 흐리고
내일은 대체로 맑겠다
전파를 타고 울려 퍼지네
잘한다 잘한다 제풀에 신이나
장기예보까지 하는데
가끔은 엉뚱한 날씨네
무더위에 태풍에 강추위에
기상이변은 큰 재앙이고
빗나가는 오보는 큰 피해네

먼데 소리 가까이 들리면

달무리가 서면

개미가 줄을 서서 이사하면

길에서 아이들이 떠들어대면

할아버지 허리가 쑤시고 아프면

어김없이 흐려져 비가 오고

두꺼비가 엉금엉금 기어 나오면

신기하게도 많은 비가 내리고

서쪽하늘에 무지개가 나타나면

비가 뚝 그치던

그때가 행복했네

겨울바람이 잠잠해지면

펄펄 눈이 내려 좋았던

그 시절이 그리워지네

오늘도 붓을 든다

말을 하되 짧게 하고
또한 신중하게 하는 것은
진정으로 말을 사랑하는 수줍음이다
수줍음을 타는 사람은
입으로 표현하는 것보다
붓으로 나타내는 것을 좋아한다

봄날 푸른 새싹이 땅을 밀치고
순한 자태로 인사하면 반갑듯
구름 뒤에서 숨 고르기 하는
해가 나오기를 기다리듯
그리움이 밀려올 때
안부가 궁금할 때
간결한 모습으로
참신한 얼굴로 태어나려 힘쓴다

가까이 다가와 웃어주는
반짝이는 눈동자와 대화하기 위해
보는 것 듣는 것 느끼는 것
마음에 담아
글을 쓰며 다듬는 즐거움이 있다

눈

눈이 온다
티 하나 없이
솜처럼 부드러운
저 눈은
누가 만들까
어머니일까
누나일까
귀여운 꼬마일까

눈이 내린다
알맞은 크기로
적당한 간격으로
뿌리는 사람은 누굴까
할아버지와 할머니가
함께 뿌릴까
아버지가 뿌릴까
솜씨 좋은 형이 뿌릴까

눈이 온다
눈이 내려
소복소복 쌓이고
생각도 쌓인다

욕심

모래알처럼 작은 욕심이
싹트기 시작하면
탁구공만 하고
야구공만 하다가
축구공으로 변하고
어느 사이
허공을 향해 무한정 커간다

바람으로 바람으로만 채우다
허무하게 터지는 풍선 같은
쓸모없는 쭉정이 욕심은 싫어
작지만 단단한
실속 있는 알맹이가 좋아
참다운 욕심을 간직하고 싶다

도시의 봄맞이

아침저녁 대하는 TV에서
남쪽 끝 제주도의
꽃 소식이 전해지면
강원도 어느 산골짜기의
흐르는 물소리도 들려온다
파릇파릇 새싹이 돋아나고
꽃들이 활짝 웃는 들녘엔
나비들도 찾아들고
아지랑이 춤추는 걸 보면
봄이 가까이 온 것도 같은데
철 지난 그림을 보는 듯
꿈을 꾸고 있는 듯
아직은 실감이 나지 않는다

앉아서 영상으로 보아온
새봄의 향기를
일요일 아침 만나러 가는 길에
아이들이 좋아라 먼저 나선다

영등포역

사람들이 많은 곳에 살아도
사람들이 그립다
떠나올 때 마음 반쪽 떼어
조각달로 걸어놓고
고향 그리워하는 마음은
오늘도 보름달로 뜬다

차표 한 장 구하면
가고 싶은 고향을
언제나 그 길로 데려다준다

사는 곳이 자꾸 멀어지면서
고향이 가까이 다가온다
헤어졌다 만나면 더욱
사람들이 반갑다 고향 사람들이

고향의 정을 담아 열차에 오르면
영등포역을 향해 달린다
보따리에 고향 냄새까지
잔뜩 묻혀 가지고
사람들이 내린다
또 하나의 고향 영등포에

여의도 한강공원에서

한강이 가까이 있어 시원하다
서울 하늘 아래에 있어 든든하다
사람과 어울릴 수 있어 좋다
자연을 느낄 수 있어 상쾌하다

탁 트여 시원한 곳에서
바람에 마음을 식히고
햇빛에 피부를 맡기며
쌓였던 피로를 달랜다

하늘이 어느새 한강이 되고
한강은 푸른빛 하늘이 된다

엄마 따라온 아이도
지팡이를 든 노인도
땀 흘리며 뛰노는 소년에게도
부담 없이 쉼터를 내주는
한강시민공원에는
만남이 있다
즐거움이 있다
건강이 있다
여유로움이 있다
그리움이 있다

열대야

장대비에도 꺾이지 않고
밤마다 찾아오는 불청객
덤으로 따라온 불쾌지수는
내다 버릴 수도 없고
피할 수도 없이 괴롭힌다
아침부터 돌고 있는 선풍기는
헉헉거리며 마른기침을 하고
최신 성능 자랑하는 에어컨도
더운지 땀을 바가지로 흘린다
더위는 방안에 고스란히 남겨두고
근린공원으로 나가
열대야 수그러드나 살피다 온다
짧은 여름밤이 길게만 느껴지고
뒤척거리다 지쳐 잠이 들지만
자꾸만 흔들어 깨우는 찜통더위
낮에 본 분수대의
시원한 물줄기가 생각나고
얼음과자를 입에 물고 사는 아이들은
꿈속에서도 청량음료를 마신다

전철을 타며

고향 두고 떠나 온 나그네
근로자란 이름으로 탄 전철
사람들 만나 즐겁게 일하고
하루해가 저물어
집으로 가는 지친 몸을
종점까지 데려다주기도 하고
자주 이용한 경인전철은
내 슬픔 내 기쁨 다 안다

아쉬움 간직한 채
오래 다닌 일터 그만두니
가뭄에 콩 나듯 전철에 오른다

세월은 자꾸 흘러가고
전철 속 풍속도도 변해가고
나의 겉모습 속마음도
자꾸 빛바래 간다

전철을 타면
사람들 틈에 끼여
자는 듯 눈을 감고
생각에 잠길 수 있어 좋다

아내와 TV

TV 앞에 앉은 아내
가끔은 관상쟁이가 된다
등장하는 인물을 살피며
저 사람 귀가 커서
장수할 상이고
저 사람 콧날이 오뚝해
눈이 높을 것 같고
저 사람은 내가 볼 때
고집이 셀 것 같다며
어설픈 관상을 본다

건강프로를 보며
이번에는 의사가 된다
건강을 유지하려면
등 푸른 생선이 좋고
신선한 야채가 좋고
기름에 튀긴 음식은 피하고
짜고 맵게 먹으면 안되고
날마다 규칙적으로
꾸준히 운동을 해야 한다며
누구나 알고 있는 상식을
혼자만 아는 체 반복한다

경제이야기가 중심이 되지만
때론 정치에 관심을 보이기도 한다
슬픈 사연을 보면 눈물 흘리고
코미디를 보면 웃기도 한다

차를 운전하며

손이 발보다 위에 있어
발놀림보다 손놀림을 고급으로 치지
손으로 가리킬 데를 발로 하거나
발길질로 물건을 밀치거나 하면
버릇없는 사람으로 여기기 마련이지
오죽하면 외국 사람과 대화할 때
언어가 통하지 않으면
손짓도 모자라 발짓까지 했다며
쑥스러워하는 모습을 보이겠는가
가깝게 사용하는 자동차
손으로만 운전하게 만들면 좋으련만
발의 힘을 빌려야 되는구나
최첨단을 가고 있으면서
원시적인 행동을 하고 있는 것은 아닌지
차에 오를 때마다 느끼는 야릇함이다

겨울에

북서풍이 불어오는
그 어딘가에는
엄청나게 큰 에어컨이 있을 것이다
대형선풍기며 소형선풍기도
여러 대 돌아갈 것이다
아마도
거기서 나오는 바람이
다른 곳으론 조금도 가지 않고
전부 이쪽으로 오는가 보다
그게 계절풍이 되어
겨울이 이렇게 추울 것이다
일년 열 두 달 그곳이
춥지도 덥지도 않았으면 좋겠다
그렇게 되면
찬바람이 불어오지 않아
이곳의 겨울도 포근할 것이다

좋은 세상

세상 참 많이 변했지
그럼 많이 변하고 말고

어쩌다 대머리를 보면
품위 있는 높은 양반으로 보이고
배 나온 사람을 만나면
잘 먹고 잘 사는 사장님으로 생각했지
꽁보리밥에 된장국 먹으며
흰쌀밥 배부르게 먹고 싶었지
시래깃국도 맛있고
수제비 칼국수는 고급이었지
형 옷 언니 옷 물려 입으며
새 옷 좋은 옷 입고 싶었지
새로 사 온 옷 명절에 꺼내 입으며
아끼고 또 아꼈지

머리카락 빠진 사람 많아져

아닌 체 가발을 쓰고

배 나온 사람 늘어나면서

너나 나나 건강에 적신호

살찐 게 나쁘다며

에어로빅이며 걷기 운동도 하고

수영장에서 찜질방에서 땀 흘리고

다이어튼가 뭔가도 한다

삼겹살에 통닭 마구 먹어대고

햄버거며 피자 좋아하다가

희한한 병 무서운 병 생겨나니

싫어하던 보리밥에 상추쌈 찾고

잡곡밥에 청국장이 별미구나

청바지 일부러 구멍 뚫어 입고
팬티처럼 짧은 옷
속옷 같은 얇은 옷 입고 다니며
머리엔 울긋불긋 색을 칠하고
가리고 또 가려 꼭꼭 숨기던
몸매도 시원스럽네
머리카락 이식 수술도 할 수 있고
비만치료도 병원에서 한다네
유기농 식품 골라 먹으며
병 없이 오래 살기 원하네
옷차림과 머리모양은 자유고
신체노출은 개성이라네

세상 좋아졌지
돈만 가지면
살기 좋은 세상이야
아무렴 좋은 세상이고 말고

돈

돈
돈
돈
아주 많아도 탈
너무 없으면 병

이 사람 저 사람에게
이곳저곳으로
빙빙 돌고 돌아
아깝지 않다는 듯
물쓰듯 쓰기도 하고
꼭 필요할 때
쓸 돈이 모자라
고민하며 머리가 돌고

있어도
없어도
돈
돈
돈

영등포공원에서

참 좋은 곳이 생겼다고
입에서 입으로 전해져
사람들이 많이 모여드는 곳
공원은 넓디넓어 좋다

도심을 벗어난 느낌으로
아침으로 저녁으로
혼자 오거나 가족과 함께
공원길을 걷다가 뛰다가
의자에 앉아 쉬기도 한다

소나무가 하늘 높이 서 있고
느티나무 단풍나무도 있고
진달래 장미꽃도 피고
모과나무 앵두나무도 있고
수세미 넝쿨 박 넝쿨도 보인다

넓은 잔디밭은 마음까지 시원하고
분수대는 노래하며 물을 뿜어내고
발바닥 지압을 하는 곳은
인기가 좋아 사람들이 몰린다

술을 만들던 곳에는
오랫동안 사용한 '담금솥'이
공원 한쪽 옛터에 자리 잡고 있다

공원은 좋은 곳이 되었다
고향이 그리우면 공원에 온다
공원에 오면 고향이 생각난다
이곳에 오면 마음이 포근해진다
마음이 넉넉한 고향이 되었다

잡초

더러는 봄이라 부르는 사람도 있고
아직은 겨울이라 부르기도 하는데
꽉꽉 다져진 땅을 뚫고 올라오느라
굽힐 줄 모르는 힘을 다 쏟아야 하지
무거운 침묵의 잠에서 깨어나
자연에서 펼쳐질 일들을 그려보며
넓은 세상으로 얼굴을 살짝 내밀지

사람들이 새싹이라며 신기해하고
초록빛 움직임에 용기가 솟는다며
반기는 걸 보며 은근히 으쓱한 기분이지
몸을 보호해주는 흙에 의지하고
갈증을 해소해주는 물과
체온을 유지해주는 바람과
건강을 보살펴주는 햇빛이
적당히 조화를 이루기에
슬며시 존재를 알릴 수 있지

저 멀리 있는 태양이

지나치게 뜨거운 계절이 되면

지친 몸이 되어 정신 못 차리고

원래의 모습을 자꾸 잃어가게 되지

태어날 때 그 당당함은 어디로 가고

푸르던 잎 축 처져 나약한 모습 보이면

사랑받았던 손길에 의해

말없이 버림을 당해

이름을 감추고 조용히

새봄을 기다리는 신세가 되지

도시의 풍속도

산속에 물이 솟는 곳
약수터
그곳의 물이 좋다는 소문이
어느 틈에 쫙 퍼져
사람들이 용케도 모여든다

빗방울 내려앉아
깨끗한 물로 태어나려
여러 문턱 거치면서
지저분한 친구 떼어내고
몸에 좋은 약도 흡수하며
눈 아래 코밑까지 찾아왔는데
사람들은 수돗물 대신
약수를 받으러 간다

물다운 물을 마시겠다고
살아있는 물을 마시겠다고
약수터 있는 곳에
사람과 물통이
두 줄로 길게 줄을 선다

운명

운명이란 태어날 때 정해지는 것일까
돌을 깎듯 다듬어가는 것일까
남 보기엔 땀 덜 흘리고도
여유롭게 살아가는 사람이 있고
열심히 일하며 노력하여도
가난을 안고 살아가는 사람이 있다

복은 태어날 때 갖고 오는 것일까
살면서 만들어가는 것일까
처음부터 행복한 사람도 있고
살면서 행복을 일구어가는 사람도 있다

앞날을 미리 내다볼 수 없기에
행복은 어떻게 찾아올지
불행이 언제 올지도 모르지만
오늘보다 나은 내일을 기약하며
힘든 순간의 고통을 이겨내고
기쁨과 즐거움을 쌓아가는
우리네 삶이 아름답다

여름 그리기

풀 냄새 꽃향기를 못 잊어
봄이 잠들기도 전에
시나브로 여름은 시작되었나 보다

하지가 지나면 삼복더위가
어김없이 찾아오고

이마에서 등줄기에서
땀방울이 뚜욱뚝 떨어질 때면
보다 못한 수도꼭지는 줄줄줄
외줄기 눈물 흘리는 소리

얼음과자 청량음료는
아이들 입에서 여름을 지내고
더위가 무서운 사람은
산바람 바닷바람을 찾아 나선다

도심을 빠져나가지 못한
더위 먹은 아스팔트는 맥없이 졸고
가로수는 그림자로 길게 눕는데
바람은 어디 갔나 보이지 않는다

자연의 힘

이 세상에 태어난 것은
하늘에서 뚝 떨어진 것도
땅에서 솟아난 것도 아닌
순전히 조상님 덕분이다
나이를 먹으며 성장하는 건
산보다 높고 바다보다 깊은
부모님 은혜다
더불어
저 조화로운
자연의 힘이 더해지기 때문이다
풀과 나무를 자라게 하고
꽃과 열매를 맺게 하는
따사로운 햇빛
시원한 바람
졸졸졸 흐르는 물이
삶을 풍요롭게 한다

제3부 복사꽃

이맘때쯤
거리는 화사한 옷차림으로 물들어가고
사람들은 봄 이야기를 한다
봄은 느낌이다
봄은 시작이다
봄은 봄이다

사진첩을 보며

울적한 마음으로
심란한 시간을 보내다
살며시 생각나는
사진첩을 꺼내 뒤적이며
추억 속으로 들어간다

흑백의 꾸밈없는 순수한 모습도
색색으로 곱게 나온 모습도
세월의 흐름 속에 그때를 말해주고
찍은 장소 찍은 시간 다 달라도
화내거나 찡그린 얼굴 보이지 않고
흥겨운 듯 행복한 듯
웃는 얼굴 기쁜 얼굴들이다

어느 사진 하나 버릴 수 없는
소중하고 포근한 추억거리
아이들의 자연스러운
어릴 적 모습을 보며
저절로 나오는 웃음으로
즐거움에 젖어든다

열쇠

좀 나긋나긋하면 좋으련만
붙임성 없는 무표정한 얼굴로
호주머니 속에 들어가거나
핸드백에 갇혀
엉성하고 딱딱한 모습으로
사람 가는 곳마다 졸졸 따라다니는 신세다

날마다 챙겨야 하는 귀찮은 존재
평소에는 관심 밖의 물건이지만
차를 움직이거나
집안에 들어가려면
익숙한 손놀림에 이끌려
낯익은 얼굴과 다정히 눈 맞춤하고
헛수고하지 않게 자연스러운 움직임으로
군말 없이 행동하는 동반자가 된다

있어야 할 자리에 없거나
실수로 잃어버리면
쩔쩔매며 황금처럼 귀하게 여기지만
한두 번 혼이 난 후에는
쌍둥이를 만들어 가지고 다닌다
하루에도 몇 번이고 큰 일을 하는 일꾼
생김새는 작지만 지칠 줄 모르며
제 갈 길을 야무지게 가고 있다

마음 여행

언제부턴가
물질적으로는 다소 풍요로워졌지만
자연은 그대로가 아니고
계절마저 감각을 무디게 해
정신적 빈곤은 오히려 심각해졌다

필요한 물건 빌려주고 빌려 쓰며
이웃은 다정한 사촌이었고
하나 더하기 하나는 둘이라는 진리를
허물어 보려는 엉뚱한 사람 없었고
누가 보아도 누가 안 보아도
지킬 건 지키는 떳떳함이며
요란함보다는 차분함이 있었던
그날 그때가 생각난다

향기로 피어나는 꽃이 보고 싶어
새들의 흥겨운 속삭임이 듣고 싶어
사람들의 소박한 웃음소리가 그리워
그 시절을 찾아간다
산이 산이기를 바라며
물이 물이기를 바라며
삶이 삶이기를 바라며

자연의 경고

오늘은 비가 내린 후 구름이 끼겠다
내일은 안개가 걷히며 대체로 맑겠다
올여름은 길고 더울 것이며
겨울엔 눈이 많이 내리고 포근하겠다

산과 들을 훼손하는 것도
강과 바다를 더럽히는 것도
맑은 공기를 오염시키는 것도
몰래 슬쩍슬쩍 하더니
자연의 움직임까지도
너희들 마음대로 점치느냐

지구의 온도가 올라가고
춘하추동 사계절이 없어지고
집중호우가 자주 나타나고
매서운 한파에 폭설도 내리며
고온에 비가 안 내릴지도 모른다
그러기에 너희들의 예보는
빗나갈 수도 있다

맑은 하늘을 보는 것도

비가 알맞게 내리는 것도

기온이 기분 좋게 오르내리는 것도

계절이 계절답게 오고 가는 것도

엄청난 기상변화를 막는 것도

너희들 말보다는 행동에 달렸느니라

봄은 봄이다

밤비가 소리 없이
대지를 촉촉이 적시고 나면
계절은 바쁘게 움직인다
햇살은 따사롭게 내려앉고
남풍은 몸을 간질이며 스친다
새싹은 파릇파릇 희망을 심어주고
나비는 훨훨 꽃향기를 찾는다
엄마의 손을 잡은 아가는
난생처음 길을 따라 걷는다
이맘때쯤
거리는 화사한 옷차림으로 물들어가고
사람들은 봄 이야기를 한다
봄은 느낌이다
봄은 시작이다
봄은 봄이다

사람의 마음

하루의 시작은 빈 그릇
작아지기도 하다가
커지기도 하는 빈 그릇

보이지 않는 그 그릇에는
보고 느끼고 겪은
웃기도 하고 울기도 한
모든 것이 담긴다

주워 담아도 담아도
양(量)이 차지 않을 때도 있고
저절로 넘쳐흐를 때도 있다

희로애락이 기웃기웃거리다
가끔은 기분 좋은 것만
때로는 슬프디 슬픈 것만
채워지기도 한다

지워버려야 할 것
간직하고 싶은 것들이
꿈속에서도 들락날락하다가
아침이면 다시 빈 그릇

체감온도

바람 불며 눈 내려도
무명옷 입고
웃으며 지낼 수 있었네

쏟아지는 눈을 보고
"쌀이라면 좋겠다" 하면서
보릿고개 넘어왔네

날마다 수은주는 영하로 떨어져도
하는 일 죄로 가지 않고
먹는 것 살로 가게
옛날처럼 선(善)하게 살자는
이 세상 모든 사람들의
마음과 마음이 하늘에 닿아
눈송이 흰 눈송이 포근히 내려
추워도 춥지 않은
겨울을 지내고 싶네

첫사랑의 느낌으로

자고 나면 만나는 사람들이여!
그대는
첫사랑의 느낌을 아는지요
그 느낌을 지금 겪고 있는지요
추억 속에 접어두었다면
꺼내어 펼쳐 볼 일입니다

못 보면 보고 싶고
좋은 것 있으면 주고 싶습니다
거울을 한번이라도 더 보며
요리조리 매무새를 살핍니다
저 멀리 모습만 보여도 좋아지고
안 보이면 혹시나 걱정이 됩니다

가까이만 있어도 행복한 마음
꽃피지 않아도 꽃이 피는 계절
이 세상 모든 것이 아름다운
첫사랑의 느낌으로
우리는 그렇게 살아갈 일입니다

참 부럽다

노래 잘하는 사람을 보면 부럽다
취미로 갈고닦은 것인지
타고난 소질인지 모르지만
저렇게 노래를 잘하면 얼마나 좋을까

사진 잘 찍는 사람 참 부럽다
얼마만큼 배워야 저 수준이 될까
잘 나온 사진을 보며 감동한다
잘 찍는 기술이 정말 멋지다

그림 잘 그리는 사람도 부럽다
살아 움직이는듯한 생동감
어떻게 하면 저만큼 그릴 수 있을까
저런 솜씨는 언제부터 생겼을까

붓글씨를 잘 쓰는 사람도 있다
온 정성을 기울이고
있는 힘 다 쏟아
작품을 만드는 고상한 예술이다

한 가지쯤 잘해보고 싶다

글을 통하여

아름다운 꽃도 만들고

잘 익은 열매도 그리고

즐겁게 웃는 얼굴이랑

일상의 소박한 모습을

꾸밈없는 순수함으로

시(詩)라는 고운 그릇에

포근하게 담아보고 싶다

때 묻히기

두고 온 산골마을엔
흐르는 물도 맑지만
그 속에 가재와 송사리가 살아
여유로움이 있네
소나무가 울창한 산에서
싱그러운 바람이 불어오면
논과 밭의 흙을 갈아
씨앗을 뿌리고 열매를 거두네
일하면서 손발에 흙이 묻어도
보드라운 화장품 같아
물로만 씻어도 되네

회색도시로 왔을 때
맨 처음 눈에 띈 건
쇠붙이에 벌겋게 슨 녹이네
어떻게 해서 녹이 생길까
저 녹이 결국은 어디로 갈까
혹시 내 몸에 묻지나 않을까
항상 개운하지 못한 느낌이네

깨끗한 세상에서 깨끗하게
살아갈 수 있으면 좋으련만
어느 사이
몸과 마음이 더럽혀지네
고철에 슨 녹보다 더
보기 싫게 되었는지 모르네
저절로 더럽혀지는데
쇠붙이에 녹슨 걸 보고
더럽다 말할 일 아니네

때 묻히기 정말 쉬운 것이네

고향의 돌담

크고 작은 돌멩이
세모난 것
네모진 것
둥글둥글한 것들이
서로 껴안고 보듬으며
침묵으로 공존하고 있다

붙임성 없고 우악스러워
와르르 허물어질 것 같지만
보기와는 달리 야무진 걸작이다

아이들의 즐거운 놀이터로
풍경사진의 배경으로
비바람 견뎌온 이끼 낀 보물이다

돌 틈 사이에 막대기 꽂아
호박넝쿨 뻗어나게 해 주면
열매 주렁주렁 매달리는
평화로운 자연의 조화다

시 쓰는 일은

생김새도
길이도
굵기도
가지각색의 나무들
이리 보고 저리 보며 골라
껍질 벗겨내고
길이는 자로 재고
톱으로 자르면서
먹줄 놓아
도끼로 깎아내고
대패로 곱게 밀어
제자리 찾아 맞추며
목수는 집을 짓네

시 쓰는 일은
집 짓는 일하고 비슷한 것
이 낱말 저 낱말 찾아내
여러 번 고치고 다듬으며
매끄러운 문장으로
탄생시키는 고통이라네

봄 그리기

먼 데서 가까운 곳으로
땅 위로 물 위로
사람들의 입에서 입으로 봄이 옵니다

봄은 언제나 새롭습니다
대지에 얼굴을 내미는 새싹도
나뭇가지에 돋아나는 새순도
초록으로 순하디순하게 찾아옵니다

꽃은 여기저기에 핍니다
노랑나비 흰나비도 손님으로 옵니다
꽃을 보며 웃는 모습을 생각합니다
온 세상이 포근하게 느껴집니다

봄에는 봄옷이 어울립니다
느낄 듯 말 듯 부는 바람도 좋습니다

흐르는 냇물 빈 병에 담아
봄 향기 물씬 나는 꽃 몇 송이 꽂고
창문 열어 봄의 따스함까지
방안 가득 채우고 싶습니다

꽃

웃는 모습만으로도 좋은데
향기만으로도 좋은데
색깔만으로도 좋은데
느낌만으로도 좋은데
감촉만으로도 좋은데
부드러움만으로도 좋은데
벌 나비 오게 하고
바람 따라 춤도 추며
마음을 편안하게 해 주는
신비한 천사

봄은

봄은
새롭게 오는 봄은
이제 처녀티가 나는
누이 같은 사랑스러운 계절
아직 멋 낼 줄 모르고
수줍어하는 순진한 소녀
화장품을 사용하지 않아도
차차 성숙해 가며
좋은 향기가 흠뻑 나겠지

저기 저렇게
천천히 오는 봄은
오래된 사진첩을 보여주는
어머니 같은 포근한 계절
만물이 꿈틀거리며
새싹이 돋아나고
꽃이 피어나는
평화로운 모습을
시나브로 보여주겠지

산에 오르며

산에 오르네
요리조리 길 따라 오르네
산에는 산에는
나무가 있고 그래서 숲이 생겨
여기도 저기도 쉼터가 되고
새들은 자유로운 몸짓으로 노래 부르네
바위는 든든함이 있어 좋고
산속의 물은 갈증을 풀어주기도 하네

큰 나무 작은 나무 쭉 뻗은 나무 휘어진 나무
가지각색의 풀들 꽃도 제 각각
작은 돌멩이 큰 바위 생김새도 여러 모양
냇물은 지형 따라 여유롭게 흐르고
모든 것이 아무렇게 있는 듯
자연은 그대로가 아름다운 것임을
그 안에 들어가면 느낄 수 있네

산에 오르네
자연을 배우러 산에 오르네
산에 오르면 평온과 겸손이 따라오네
사람이 자연을 쓸데없이 손대지 않으면
자연도 사람을 보호하며 베푸네

오늘이 추억이다

'그때가 좋았지'
'그때 잘 했더라면'
사노라면
행복했던 일도
후회스러운 일도
추억으로 떠오르는데

흐르는 시간 속에
그때가 되는 오늘
언제나 오늘이 소중하다

튼튼한 몸과 마음으로
희망의 푸른 꿈을 안고
알찬 그림을 그리며
진실의 길을 걸을 때
추억이 찾아오더라도
반갑게 만날 수 있을 테니까

장맛비

날마다 비가 내려도
짜증 부리지 마라
아침마다 우산을 챙겨야 한다고
귀찮아하지 말라
뜨거운 나라 베트남에는
일 년 중 반년은 우기로 비가 내린다
오랫동안 전쟁을 할 때에도
논밭에는 온갖 곡식이 자라고
들판에는 과일이 풍성하게 열렸다
지금 아프리카에는 비가 내리지 않아
물이며 먹을 것이 부족해
굶주림과 질병에 허덕이고 있다
비는 번영과 축복의 근원
새벽에 찾아오더라도
바짓가랑이가 젖더라도
오는 비를 반갑게 맞으며
물을 소중하게 여길 일이다

자유로운 욕심

집이 작게 느껴진다면
방이 비좁아 불편을 겪는다면
이제 그만 훌훌 털어버리세
돈 걱정을 안 해도 되는
저 허공이 있지 않은가
거기에다 집을 지어 보세
면적을 넓게 잡고
좋은 재료를 써서 큼지막하게
원 없이 좋은 집을 만들어 보세
푸른 숲을 갖고 싶으면
집 옆에 정원을 만들어
나무와 풀도 가꾸어 보세

논을 만들고 싶으면
밭도 있어야 한다면
저 넓은 곳에다
논이며 밭을 일구어
벼도 심고
과일나무도 이것저것 심어 보세

공장이 필요하면
그래 공장도 세워 보세
커다랗게 건물을 만들어
종업원도 많이 뽑아
기계가 잘 돌아가게
함께 힘을 모아
날마다 열심히 일해 보세

있는 욕심 없는 욕심
한번 마음껏 펼쳐 보세
누구나 가질 수 있는
저 무한한 공중에다 말일세

잠수교

한강에 가로누워
서빙고에서 반포로
강북과 강남을 연결해주는
서울의 명물
비 내리는 계절
정신 바짝 차려야 한다며
가끔씩 불러보는 이름
잠수교
비가 쏟아져 물이 불어나면
물속에 잠기는 신세
이름값 하느라 그러는지
이름을 잘못 달고 태어난 건지
한 해를 넘기려면
몇 번은 잠수해야 하는 운명
비는
강북에도 내리고
강남에도 내리고
잠수교에도 내린다

제4부 웃음꽃

평범함 속에서
현재보다 나아지려고
노력하는 게 행복이네
차츰차츰 좋아지며
보람을 느끼는 게 행복이네

나무를 보며

나무를 보며 꽃을 생각한다
꽃은 아름다움을 느끼게 하고
마음을 넉넉하게 해 주는구나
나무는 한 해에 몇 번 꽃이 필까
이른 봄 살며시 내미는 새순은
의욕과 용기를 지닌 소년의 눈망울
초롱초롱한 싱그러움으로
속 좋은 여인의 웃음처럼 향기가 나고
여름엔 나뭇잎 푸르게 우거지고
그늘은 쉼터로 나눔의 꽃이 핀다
가을엔 울긋불긋 물들어
단풍으로 꽃이 피고
눈 오는 겨울엔 건강한 몸으로
포근한 눈꽃이 눈꽃이 핀다
나무는 수없이 꽃이 핀다
기쁨과 희망의 꽃이

시는 생활이다

시는
생활 속에 있네
기쁜 일이거나
즐거운 일이거나
혹은 슬퍼서 울었거나
이건 아닌데 싶은 일들을
솔직하게 끄집어내는 것이네

연필만 가지고 쓸 수 있는 것도
컴퓨터만 있으면 되는 것도 아니네
눈으로 살피고
손으로 만져보고
입으로 맛을 보고
귀로 들어보고
코로 맡아보고
발로 밟아보고
몸에 대보고
머리로 생각하고
마음으로 느낌을 받아
고운 체에 걸러
그릇에 담아야 하네

앞으로 가는 길

새벽이 밝아 오면
습관적으로 잠자리를 털고 일어선다
쉼 없이 움직이는 시곗바늘처럼
하루를 여는 출발점에서 되풀이되는 동작
그것은 결승점에 다가가려는 몸짓이다

살아 있는 모든 생명체는
움직이거나 숨을 쉬기 마련이다
고분고분하거나 혹은 순진하다고
세상일이 알아서 척척 굴러가지는 않는다

남의 눈밖에 나게 억셀 필요는 없지만
한없이 부드러운 행동은 오히려 퇴보일 뿐이다
버스 안은 목적지를 향하여
사람들이 무리 지어 잠시 들렀다 가는 곳이다
버스에서 내리면 이어서 지하철을 타고
정차할 때마다 물처럼 쏟아져 거품처럼 사라진다

무작정 앞으로만 간다고 잘 가는 것이 아니기에
흐르는 시냇물을 보며 지치지 않고 가는 법을 배운다
사람을 실어 나르는 버스도 전동차도
다시 제자리를 찾아 숨 고르기를 할 때쯤
파김치가 되어 돌아와
스스로에게 점수를 매기며 하루를 마무리한다

앞으로 가기 위해
내일과 모레라는 이름의 길이 있기에
오늘은 하루만큼만 앞으로 갔을 뿐이다

계절과 함께

가만히 눈여겨 보면
모든 것이 일순간에 이루어지지 않는다
봄이 온다고 해서
한꺼번에 오는 것은 아니다
하늘에서 따사로운 햇빛이 내려오면
남쪽에서 훈훈한 바람이 불어오고
겨우내 잠자던 땅에서 풀잎이 얼굴을 내밀면
맨몸의 나무에서 새순이 돋아나고

모든 나무들이 하루아침에
잎이 돋아나고 꽃이 피는 것도 아니다
조금 일찍 잎이 피는 나무
다른 나무보다 늦게 피는 나무
잎은 다른 나무보다 늦게 피지만
꽃이 다른 나무보다 먼저 피는 나무
가지각색이 아니더냐

세상 모든 것의 움직임이 같기를 바라지 마라
똑같이 시작해 똑같이 끝나는 것 없고
한꺼번에 왔다 한꺼번에 가는 것 없다
성급하게 생각할 필요는 없다
차분히 여유롭게 기다리면
올 것은 오고 갈 것은 갈 것이다
계절이 천천히 온다고 재촉할 것도 아니고
빨리 간다고 수선 떨 일도 아니다
스스로 알아서 오고 가게 지켜볼 일이다

행복

누구나 원하는 행복
그게 멀리 있는 것도
특별한 것도 아니네
우리들 가까이에 있는
평범한 것이 행복이네

평범함 속에서
현재보다 나아지려고
노력하는 게 행복이네
차츰차츰 좋아지며
보람을 느끼는 게 행복이네

지금보다 나빠지지 않도록
꾸준히 힘쓰며
생활하는 게 행복이네

기뻐할 줄 알고
슬퍼할 줄 알며
웃기도 하고
울기도 하면서
큰 슬픔 큰 아픔 없게
살아가는 게
행복이네

다시 그곳으로 가면

여유롭게 터를 잡은 빈집 하나
양지바른 곳에 있으면 좋으리
손볼 데 있나 여기저기 살피고
사립 문밖 길도 넓게 내야지
집 주변에는 과일나무를 심어
열매 주렁주렁 매달린 나뭇가지에
새들이 날아와 노래하게 해야지
마당 한쪽엔 꽃밭을 만들어
풀이며 꽃나무를 옮겨 심고
돌멩이도 자연스럽게 군데군데 놓아야지
그 옆으로는 남새밭을 일구어
푸른 채소가 자라게 해야지
병아리는 모퉁이에서 놀게 하고
강아지는 토방에서 지내게 하고
연못도 만들어 흐르는 물 넣어
물고기가 헤엄치며 살도록 해야지
방은 늘 깨끗하게 치워놓아
멀리서 찾아오는 사람들과
들판을 거닐며 바람도 쐬고
세상 살아가는 이야기도 하며
편히 쉬었다 갈 수 있게 해야지

추억 속으로

아마 기억에서 지워졌을지도 모릅니다
너무나 오래된 일이기에
잊어버렸거나 생각이 안 날 수도 있습니다

깊은 산골 마을 빈터에서
꼬마들이 신나게 놀고 있을 때
자욱한 안개 사이로
하늘에서 이상한 게 내려오고 있었지요
비행접시다
야! 비행접시다
아이들의 외침에
동네 어른들도 모여들곤 했지요
네댓 대가 한꺼번에 내려오는
접시 모양의 괴물체에서
작은 기계 소리가 나기도 하고
이상한 얼굴 모습도 보이고
알 수 없는 음성도 들리는 듯 했지요
내려오다 머리 위에 잠시 멈추었다
순식간에 어디론가 사라지곤 했는데
한번이 아니고 여러 차례 목격했지요

그때 그 순간으로 되돌아가
이야기를 나누고 싶어
그때 그곳에 함께 있었던
사람들을 만나고 싶습니다
추억을 떠올릴 사람을 찾습니다

나무에게

눈 내리는 겨울
당신의 건강한 모습에 반해
관심을 갖게 되었습니다

연하디연한 새순을 내보이며
봄이 온다고 알려주었을 때
당신을 말없이 좋아했습니다

태양이 뜨겁게 괴롭히는 여름
푸른 그늘을 만들어주어
당신이 정말로 좋았습니다

고독이 젖어드는 이 가을
인내와 정성이 가득 담긴
오색찬란한 단풍을
마음속 깊이 포근히 안겨주는
당신을 진정으로 사랑합니다

마음속에는

우리들 마음속에는
여러 장의 표가 있지요

기쁜 소식을 만들고
사랑을 전할 수 있는
행복의 표가 있지요

아침부터 저녁까지
기분 좋은 일로 밝게 웃는
웃음의 표도 있지요

슬픔은 비켜라
항상 콧노래 부르는
기쁨의 표가 있지요

절망은 하지 말아요
긍정적으로 살아가는
희망의 표가 있지요

외로움은 쓸쓸해서 싫어요
마음도 물질도 나누며 사는
나눔의 표도 있지요

사용하면 할수록
삶을 여유롭게 하는
마음속의 표
더 많이 꺼내 사용하고 싶어요

포근함

아내가 시장에 나가
감자를 사 오는 날이면
추억 속으로 빠져든다

수수한 모습으로 정을 주며
하지 무렵에 수확한다 하여
하지감자라 부르기도 하지
잎이랑 꽃이랑 웃음을 잃고
시들어갈 때쯤
엄마랑 아빠랑 함께
일요일 아침 감자를 캐노라면
조약돌처럼 둥글둥글한 것들이
슬며시 툭툭 불거지는 재미는
소풍날 보물찾기 하는 기분이었지

삶으면 더욱 순하고 부드러워
아이들의 간식이 되기도 하고
어른들이 새참으로 먹기도 했는데
오늘은 감자볶음으로 만나고
내일은 감잣국으로 올 모양이다

딸아이

여자아이들 재롱부리는 걸
넋 놓고 쳐다보다
딸아이 하나 있으면
좋겠다는 생각을 한다
아이들 태어나면
좋은 이름 만들어주려고
마음속으로 지은 이름
아들아이들은
제대로 찾아주었는데
딸아이가 없어
남게 된 이름
순할 순(順) 보배 진(珍)
허공에서 맴도는 '순진'이
그래서 더욱 딸이 그립다

고향

뒷산은 풍악산
앞에는 안산 멀리도 산
소나무가 살고 있는 튼튼한 산
논밭으로 둘러싸인 동네

마을 앞으론 사시사철
맑은 냇물 흐르고
뒷산 중턱 올라가면
소나무 향기 가득하고
보물로 지정되어 자랑인
큰 바위에 새긴 불상이 있지
고개 너머 초등학교
봄가을 소풍 오는 곳
뒷들 위아래 저수지
푸른 물결 넘실대고
아랫마을엔 차돌배기
윗마을엔 당산
산골 아이들의 신나는 놀이터

천구백칠십 년대 초
전깃불이 들어오고
시내버스가 다니게 되고
전화벨이 울리게 되면서
옛 모습을 잃어버린 농촌
간이 상수도시설로
먹는 물 시원스레 나오고
마을회관에서 알리는
확성기 소리 울려 퍼지고
앞산 울창한 숲에선
산새들 노랫소리 들리지

나무

연약한 듯 말없는 듯 보이는
나무는 나무는 봄 나무는
힘과 용기가 대단해
새순으로 껍질을 뚫고
웃으며 반갑게 인사한다

마음이 넓고 넓은
나무는 나무는 여름 나무는
잎과 잎이 손을 맞잡고
그늘을 만들어 준다

멋을 느낄 줄 아는
나무는 나무는 가을 나무는
푸른 옷 붉은 옷 갈색 옷을
보기 좋게 갈아입는다

추위를 타지 않는
나무는 나무는 겨울나무는
고운 옷 벗어 던지고
거센 바람 따라 운동하면서
새봄을 준비하고 있다

부메랑

흔한 게 물이라며 마음껏 쓰고
생활하수 마구 버리고
잘 자란 숲 잘라내어 까뭉개고
멀쩡한 논밭 파헤치며
땅속 깊은 물까지 뽑아 쓰더니
식수원이 오염되었다
먹을 물 고갈된다 야단법석이다

비는 제때에 오지 않고
대지는 상처 난 채 아프다 신음하고
식물들 목마르다 외치며 쓰러진다

돼지머리 상위에 모셔놓고
무릎 꿇고 큰절하며
신이여 굽어 살피소서
비여 제발 내리소서
두 손 모아 빌고 빈다

멀리 있는 하늘이 무슨 죄 있나
높은 산 쳐다보면 소용 있나
자연에게 순응하며 배울 일이다
버리면 버린 만큼 외면하고
가꾸면 가꾼 만큼 보답하는 것을

좋은 느낌

오늘 만난 사람
처음 본 사람인데
오래오래 사귄 사람이거나
늘 함께 지내는 사람처럼
포근하고 부담 없이
마음을 나눌 수 있네

어릴 적 다정히 지낸
어디에 있는지
어떻게 사는지 궁금한
보고 싶은 친구 같은
생김새도 닮았고
마음 씀씀이도 비슷해
그 친구를 만난 느낌이네

좋은 사람 만나면
보고픈 사람 만나면
삶의 이야기가 오가는
즐겁고 신나는 일상이네

거울

나를 지켜보며 기다리는 사람이
안쪽에 살고 있는 걸 발견하고
좋아하게 된 보물
가까이 다가가야 비로소
반기며 인사하는 순진한 친구

내가 멀리 여행을 가도
사라지거나 움직이지 않고
자리를 지키는 친구
나의 부족한 모습도
흐트러진 모습도 보여주지만
싫은 소리는 한 번도 안 하고
스스로 느끼게 하는 친구

만날 때마다 변함없고
보탬도 덜함도 없이
그대로 표현하는 친구
보는 듯 안 보는 듯
있는 듯 없는 듯
무뚝뚝해 보이는 친구
내가 웃으면 함께 웃다가
눈물을 보이면 따라 울 줄도 아는
정 많은 동반자

꽃을 보며

깜짝 놀란다
저기 저 꽃밭에
붉게 피어있는 꽃
나에게 무슨 말을 하려고
저렇게 조용히 피었을까
무엇을 전하려고
아침 일찍 왔을까
나는 긴장한다
꽃은 아무 말도 없는데
다정한 음성이 들리는 것 같다
저 꽃은 지난날
사랑을 느꼈던 여인의 모습이다
그때처럼 바보스럽게
말 한마디 못하고
마음으로만 좋아한다
언제쯤 내가 먼저 입을 열어
내 마음을 전할 수 있을까

집중

일기예보를 통해
비가 올 거라고 알린다
많은 양은 아니지만
오후부터 저녁 늦게까지 내린단다
아닌 게 아니라
오후가 되자 비가 내린다

오고 가는 사람들이
우산을 펼쳐 들고 다닌다
세상 살아가는 이야기보다
빗소리가 크게 들린다
일상의 잡다한 일들이
빗속에 씻기고 묻힌다

비가 온다는 예보에
거부감 없이 우산을 챙기고
비가 내릴 때 우산을 펼치면
세상이 차분해진 느낌이다
내리는 비
관심을 집중시키는 힘이 있다

물은 살아 있다

물은 아주 작은 것이다
씨도 열매도 없는 걸 보면
더욱 그렇다
잡히지 않을 정도로 매끄럽고
밀가루처럼 부드럽기도 해
무서워 멀리 피할 이유도 없고
두려워 숨을 필요도 없다

본디 작고 연약하지만
손에 손을 잡고 모여
개울을 만들고 강을 이루고
흘러가 바다에서 출렁거린다

평소엔 한없이 순하지만
기온이 내려가 추위를 느끼면
없는 힘 있는 힘 다 모아
하얀 얼굴로 무장하고
몸은 더욱 강해진다
서로 어깨와 어깨를
가슴과 가슴을 얼싸안아
억세고 끈끈한 포옹을 한다
얼마나 세게 끌어안은 지
떨어지지 않는 하나의 덩어리
얼음으로 바뀌게 되는 것이다

영원히 변치 않을 것 같은
차가운 냉정함이며
돌처럼 무심한 단단함도
남녘에서 봄바람이 불어오고
꽃들이 여기저기서 피어나면
너그럽게 마음을 풀어
처음처럼 다시 물이 되는 것이다

잠

커피를 먹으면
잠이 안 온다고 하지만
커피를 마셔도
잠이 잘 오는 걸 보면
잠 잘 자는 건 타고났나 보다

잠 잘 자는 건 맞지만
분위기가 바뀌면 달라지지
남의 집에서 자게 되거나
집에 손님이 있으면
잠 못 들고 뒤척이지

삶 속엔 감정이 있기 마련
웃으며 지내고
즐거워하며 지내지만
때로는
슬픈 일로
괴로워하는 일로
잠을 설치기도 하지

근심 걱정 없이
밤 잘 먹고
잠 잘 자는 것
행복 중에 행복이지

제5부 꽃향기

봄은 좋은 계절이다
꽃은 여기저기 피어나고
나비는 춤추며 모여들어
천지가 잔치 분위기라

봄이 좋다
나이가 들어갈수록

추억은

파란 가을 하늘 속에는
만국기 펄럭이는 학교 운동회
단풍 든 산으로 소풍 가는 모습
코스모스 핀 등굣길이 환히 보인다

기온이 오르며 땀이 많이 날 때는
손때 묻은 부채가 생각난다
선풍기 대신 무더위를 쫓던
여름날의 부채바람을 잊을 수 없다

머리 아파 배 아파 약국 갈 때면
내 손이 약손이다 만지기만 해도
아픈 곳이 거짓말처럼 없어지던
어머니 손길이 그리워진다

시장 모퉁이에서 뻥튀기 소리가 나면
뜨겁디뜨거운 나라 월남에서
총소리 대포소리가 들려온다

가까이에 있는 커피공장에서
바람 부는 날 커피 향 날아오면
두메산골 고향집 부엌에서 끓이는
구수한 숭늉 냄새가 코에 스민다

늙지도 젊지도 않고
더도 덜도 아닌
그때 그대로의 추억은
어디서 찾아오는 것일까?
추억은
마음속에 살고 있다가
눈으로 귀로 코로 느낌을 받아
색깔로 소리로 향기로
나타나는 것인가 보다

봄에는

귀 기울이지 않아도
흥겨운 소리 들리는가
잠자던 대지 깨어나며
만물이 꿈틀거리는 소리
새롭게 얼굴 내미는 생명들
반갑게 인사하는 소리
들리는가 듣는가

싱그러운 풍경 속에
행복한 모습 보이는가
꿈꾸던 세상을 만난 듯
마음의 문을 활짝 열고
꽃을 찾아 나선 나들이
계절을 닮은 옷을 입고
아이들 뛰노는 모습
보이는가 보는가

그대는 지금

따스한 태양의 웃음처럼

희망찬 새싹의 웃음처럼

깨끗한 새순의 웃음처럼

환한 꽃의 웃음처럼

맑은 바람의 웃음처럼

웃는가 웃고 있는가

씨앗 이야기

씨앗입니다
사람들 곁에서 편히 지내다
푸른 계절을 찾아 길을 갑니다

농부의 포근한 도움으로
대지에 자연스럽게 자리를 잡아
껍질을 벗고 나오려고 하지만
환경은 침묵하며 기다리라 합니다

가뭄으로 대지는 타들어 가고
목말라 초주검이 되어버린 나는
비라도 쏟아져야 물을 마시며
정신 가다듬고 일어설 것 같습니다

애타게 기다리는 비가 내려
이제야 새싹으로 태어납니다
자랄 수 있는 풍토가 되었으니
작은 내 한 몸 희생하여
더 굵고 더 많은 종족을 남기렵니다

저기 장마가 오고 있습니다

이제 비가 너무 많이 내려

내가 물속에 잠기지나 않을까

흙과 함께 떠내려가지나 않을까

그게 겁이 납니다

걱정입니다

내가 쓰는 시

내가 쓰는 시에서
호박꽃 냄새가 났으면 좋겠다
밤이면 별들이 웃으며 반겨주고
낮에는 호박벌이 윙윙거리며
놀아주면 정말 좋겠다

나의 시는
작은 호박으로 태어나
날마다 조금씩 조금씩 성장해
커다란 호박이 되면 좋겠다

나의 시에서
호박의 달콤한 맛과
고향의 포근한 정을
함께 느낄 수 있으면 참 좋겠다

나의 시는
호박씨로 다시 태어나면 좋겠다
봄날 들판에 파릇파릇 자라나
노란 호박꽃으로
넝쿨 뻗고 올망졸망 열매 맺어
둥그렇고 향기로운 호박으로
사람들 곁에서
영원한 사랑을 받으면 더욱 좋겠다

아이는 어른이 되고 어른은 동심이 된다

우리는 어린이였습니다
욕심도 근심도 없는
어린 시절이 있었습니다
티 없이 맑은 미소
가을 하늘처럼 파란 마음을 가진
어른들의 어버이였습니다

떡국 한 그릇 먹을 때
나이도 한 살씩 먹어
어느 틈에 키도 커가고
몸무게도 늘어났습니다
더불어 욕심도 생겨나고
근심 걱정도 자꾸 생겼습니다

나이를 먹으니 어른이라 부릅니다
어른이 되니 욕심이 많아집니다
어린이로 돌아가고 싶습니다
어른들의 어버이가 되고 싶습니다
마음만이라도 동심으로 살고 싶습니다

신토불이

가만있자

내가 무슨 말을 하려고 했더라

아하! 알았다

너나 나나 외국 물건을 좋아하던 때가 있었지

국산은 외면받는 천덕꾸러기였지

국산을 사용하며 촌스러워했고

외국산을 써야 사람대접을 받았지

그런데 지금은 어떤가

모두가 국산을 찾고 있지 않은가

시장에서 물건을 고르다 보면

흔하게 걸리는 게 외국산이지

외국산이 국산으로 둔갑도 한다는군

먹을 것도 입을 것도

우리나라 물품을 사려고

우리나라 제품을 쓰려고

요리조리 살펴보느라 난리라니까

이제야 알게 되었나 봐

우리에겐 우리 것이 좋은 것임을

우산

백수건달도 아닌데
태양이 밝은 대낮에는 방안에서
잔뜩 찡그린 얼굴로 지내다
비만 내리면
정신 나간 사람처럼 헤헤 웃으며
비를 맞으며 밖으로 돌아다니는 신세다
이때 친구들 만나
이마를 마주칠 기회가 생기지만
기쁨의 순간은 스쳐 지나간다
당당하게 앞장서 나가는 날도
비가 그치고 햇빛이 나면
말 못 하는 분실물이 되어
낯선 사람의 손에 이끌려 가기도 하고
미아가 되어 헤매다
길거리에서 생을 마감하기도 한다
운명은 바람 앞에 등불 같아서
재수 없으면 하루살이가 되기도 하고
탈없이 버티기란 쉬운 일이 아니다
하늘에서 내리는 비를 맞으며
여러 해 몸을 활짝 펴며 살려면
무병장수하는 천운을 타고나야 한다

계절의 느낌

억지로 만든 바람이 아닌
활동하기에 알맞은
산들바람이 가까이 있기에
가을을 좋아한다
우중충한 날씨보다는
기분을 상쾌하게 해주는
파란하늘이 있기에
가을은 좋은 계절이다
가진 건 넉넉하지 못할지라도
마음을 풍요롭게 해주는
황금빛 넘실대는 들녘이 있기에
가을이 좋다
젊음이 있을 때에는

꼼짝 안하고 잠자던 대지에

새싹이 올라오는 모습에서

희망을 가꾸어 나갈 수 있으니까

봄을 좋아한다

연하디연한 새순이

나무에 돋아나는 걸 보며

새로운 힘을 얻을 수 있으니까

봄은 좋은 계절이다

꽃은 여기저기 피어나고

나비는 춤추며 모여들어

천지가 잔치 분위기라

봄이 좋다

나이가 들어갈수록

벌레 먹은 과일이 맛있다

생김새도 비슷하게
같은 핏줄로 태어나
햇빛이랑 바람이랑 다 같이 쐬고
내리는 비에 몸 씻으며 성장해도
열매는 등급으로 갈라서기 마련이다

가뭄에 먹을 물 제대로 못 먹고
불볕더위 찾아와 괴롭히고
때로는 태풍에 시달리느라
성장과정이 순탄치만은 않다
잘난 척 힘센 척하면 몰라도
그냥 가만히 있으면
심지어 벌레까지 얕보고 달려든다

클 만큼 크고 자라

상자 속에

잘 익은 것으로

색깔 좋고 큰 것으로

멍들지 않고 싱싱한 것으로

향기까지 골라 담으면

선택된 과일은 후한 대접을 받는다

벌레가 먹었거나 크지 못한

째마리 과일은 처량한 신세다

하지만

본디 벌레란 놈은

농약 안 뿌린 것은 잘도 알고

맛있는 것을 귀신같이 찾아내기에

벌레 먹은 과일을 버릴 것이 아니더라

술병 속에는

술병에는
술만 들어있는 게 아니더라
기쁨이란 것이 들어있어
술 한잔 먹을 때
함께 따라 들어가
어느새 마음을 흐뭇하게 해준다

기쁨 한 가지만 들어있는 것이 아니다
서너 잔 마시고 나면
세상만사 부러울 것 하나 없는
복 받은 사람이 되는데
근심 걱정 다 잊게 해주는
행복도 들어있는 모양이다

모든 술병에
기쁨과 행복만 들어있는 것도 아니다
많이 마시게 되면
고독이라는 것이 찾아오고
괴로움이라는 것도 나타난다
이 병 저 병 술병 속에는
슬픔이라는 것
불행이라는 것도 들어있더라

반반의 의미

하루가 너무 지루할까 봐
낮과 밤으로 갈라놓았지
인류는 영원하라고
여성과 남성이 존재하지
수없이 오고 가는 길
중앙선을 두어 구분하였지
우리들 몸에는
왼쪽과 오른쪽이 있어
중심을 잡고 지낼 수 있지

조화롭게 반반인 것을
어찌 다 손꼽을 수 있겠는가
삶 속의 행복
기쁨을 주고받는 사랑
그리고 이 세상 많은 것이
한쪽으로 너무 기울지 말고
균형을 유지하라고
하나가 아닌 반반이지
노력하며 채우라고
반반으로 나누어 놓았지

여름

낮의 길이는 길기만 하고

태양은 엄청나게 커 보이고

나뭇잎은 우거지고

땀은 저절로 흐르고

더울 땐 그늘이 좋고

짧은 옷이 시원하고

청량음료를 마셔대고

장마가 찾아오고

태풍이 지나가고

물난리가 나서 어수선하고

삼복더위에 이열치열하고

습도는 끈적끈적 올라가고

불쾌지수는 숨차게 높고

모기는 제철을 만나 활개치고

아스팔트는 뜨겁디 뜨겁고

분수대의 물줄기가 높이 치솟고

샤워를 해도 그때뿐이고

선풍기는 더위를 먹고

에어컨은 몸이 불덩이 같고

근린공원으로 나가 열대야를 달래고
산으로 바다로 피서를 떠나고
햇볕에 탄 피부가 유행처럼 번지고
냇가로 미역 감으러 가고
무더위를 잊으려고 매미는 울어대고
논밭의 곡식은 쑥쑥 자라고
청과시장에는 맛있는 과일이 많고
비 그친 오후 무지개가 나타나고

인연

오늘도 사람들은
사람을 만나며 살아간다
골목길에서 마주치며 지나가고
지하철 안에서 옆자리에 앉기도 하고
일터에서 자연스럽게 만나기도 하고

때로는 멀리 찾아가 반긴다
낳아 길러준 부모님을
보살펴준 형을
철부지였던 동생을
시집간 누이동생을
그리운 사람 사람을

삶이란 사람과의 만남이다
건강하고 진실한 웃음
남을 생각하는 따뜻한 정
여유로운 마음이 있으면 좋으리
외딴집 외딴섬 사람이
사람을 더욱더 반기는 모습을
눈여겨보며 살 일이다

맑음

진종일 내리던 비 그치니
그 많던 구름 다 어디로 가고
하늘은 환하게 웃고 있는데

얼마나 울고 나면
나도 저렇게
마음을 비울 수 있을까

초록은 연속이다

처음 찾아오는 초록은
수줍은 듯 웃으며 인사하지
어리고 순한 생김새
싫어할 수도 미워할 수도 없는
착하고 연약한 모습이지
온 세상이 새롭게 펼쳐지며
흥겹고 따스한 일상이지

자고 나면 조금씩 자라며
푸른 얼굴이 되어가지
씩씩하고 활기가 넘치니까
주변엔 사람들이 많이 모여들고
스스로도 기세가 당당하지
언제까지나 푸름이 유지되고
인기가 있을 것만 같았지
그러나 그것도 오래가지 않아
젊음을 시기하는 무더위와
시간의 흐름을 버티지 못해
강한 마음이 차츰 약해지기도 하지

더러는 노랑으로 또는 갈색으로
말없이 물들어 가지
듣기 좋게 아름답다 말하지만
윤기 잃어가는 자신을 돌아보며
허무함을 속으로 삭이지
드디어 바람이 불어대면
춥다거나 떨린다는 소리 못하고
우수수 우수수 떨어지기 시작하지
입었던 옷 차곡차곡 다 벗으니
아낌없이 다 주며 희생한다고
추켜세우는 것도 잠시뿐이지

드디어 눈이 내리면
온몸이 눈에 덮여 하얗게 되지
지금껏 마음에 담기도 하고 간직했던
크고 작은 생각 다 비우고 지우니
마음은 오히려 홀가분해
포근함을 느끼며 지낼 수 있지
다시 펼쳐질 긴 여정
계획을 세우고 차근차근 준비하여
변함없는 희망을 보여주려고
또다시 초록의 꿈을 키워가고 있지

달력

벽에서 일생을 보낼 달력
제자리에 모시기 전에
얼굴을 살피는 통과의례가 있다

양력으로 또는 음력으로
명절은 언제인지 짚어보고
생각나는 절기도 찾아보고
삼복더위의 시작과 끝은 어디쯤인지
연휴는 어떻게 들어있는지
기억해야 할 날짜에
커다랗게 동그라미를 하며
일 년을 미리 살아본다

동이 트면서 하루가 열리고
어두워지면서 하루를 마무리하는
반복과 변화의 공존 속에서
달력을 보며
달력을 넘기며
달력을 뜯으며 세월이 간다

꽃의 향기

한눈에 반해버릴 만큼
아름다움을 지닌 꽃
어느 한 군데 나무랄 데 없이
완벽해 보이는 꽃
그러나 얼마 못 가서
싫증을 느끼며 돌리는 고개
사람의 욕심은 끝이 없어
더 이상 예뻐지는 모습을
볼 수 없어 외면하리라

소박하면서도 청순한 꽃
처음엔 별 관심을 끌지 못하지만
가면 갈수록 나타나는 아름다움
보면 볼수록 더 예뻐 보이는 꽃이
향기도 모습도 더 좋으리라

꽃이 되리라

향기가 너무 진하지 않은
은근하고 수수한 내음으로
겸손한 꽃이 되고 싶다

많은 사람들이
즐겁고 기뻐할 땐
활짝 웃으며 다가가
더욱 흥이 나게 하는
사랑주고 사랑받는 꽃이고 싶다

못 견디게 외로울 때
슬퍼하거나 괴로워할 때
화난 일이 있거나 우울해 할 땐
예쁜 모습으로 위로해 주고 싶다

아름다움과 부드러움으로
사람들의 마음을 편하게 하고
넉넉한 향기가 몸에 배어
사람들에게서도 좋은 냄새가 나고
고운 말을 사용하도록 하고 싶다

작게 때로는 크게
여러 가지 색깔로
사시사철 오래오래 피어나
여름엔 더위를 잊게 하고
겨울엔 따뜻함을 느끼게 하며
날마다 행복한 모습을 보고 싶다

놈들을 데리러 간다

시장에 간다
과일가게에 들러
맛있는 놈 있습니까
생선가게로 가서
이놈 싱싱합니까
계란가게에선
굵은 놈으로 주세요
정육점에 들러
이놈 국산입니까
철물점에 가서는
오래 쓸 놈을 찾고
플라스틱 제품은
단단한 놈으로 고르고
약국에 가면
잘 듣는 놈이 좋고
콩나물 가게엔
싼 놈이 있다

큰 놈

굵은 놈

싼 놈

싱싱한 놈

새로 나온 놈

잘 드는 놈

단단한 놈

맛있는 놈

이 놈

저 놈

낯선 놈들이

비닐 옷을 입고 들어온다

집으로

사람의 마음 2

파란 하늘을 보면 기분이 상쾌하고
계절은 봄이나 가을이 좋지만
때로는 비 오는 날이 기다려지고
눈이 펑펑 쏟아지는 겨울이 그리워지고

사랑하며 살아야지
다투지 말고 살아야지 하면서
어느 순간 티격태격하다가
시간이 지난 후에야 뉘우친다
순간을 참으면 웃으며 넘길 수 있음을

남의 단점은 눈으로 잘 보면서
나의 단점은 잘 모르며 지낸다
남의 흉 하나면
나의 흉은 열인데도

돈보다 건강이 먼저라고 생각하면서
건강을 해치면서까지 돈을 벌려고 한다
세상사 돈으로 다 해결할 수는 없지만
돈으로 풀 수 있는 일도 너무 많기에

흐르는 물 같다는 세월
그 세월이 빨리 간다고 붙잡으려고도 하고
세월아 빨리 가거라 재촉도 한다

열 길 물속은 알 수 있어도
한 길 사람의 마음속은 알 수 없는 것
오늘은 계속 맑음일까
아님 흐리고 가끔 비일까
스스로의 마음도 예측 못하며 살아가고 있다

시든 꽃이 된다

장광규 시집

2021년 2월 3일 초판 1쇄
2021년 2월 8일 발행
지 은 이 : 장광규
펴 낸 이 : 김락호
디자인 편집 : 이은희
기 획 : 시사랑음악사랑
연 락 처 : 1899-1341
홈페이지 주소 : www.poemmusic.net
E-Mail : poemarts@hanmail.net

정가 : 10,000원
ISBN : 979-11-6284-264-5